林檎の記憶

牧田久未

思潮社

林檎の記憶　目次

ご契約なさいますか　8
林檎の証言　16
林檎の飛行　20
今日のリンゴ　24
リンゴ売り　28
記憶のラビリンス　32
惑わし　36
何かお探しでございますか　40
帽子の中の食卓　48
皿　52
せーの……　56

水音　60
いらっしゃいませ　64
蜃気楼　68
自画像　72
万華鏡　76
赤い手紙　80
夕日の結末　84
最初の一歩と最後の一歩の会話　88
紡ぐ　92

あとがき　94

装幀＝著者

林檎の記憶

ご契約なさいますか

あっ
マンションでございますか
ございますよ
いま検索してみます
すぐに二〇〇や三〇〇出てきます
こんなのはどうでしょう一二〇平米で三二九〇万
場所も便利で住みよいところです
住みよいところをお探しですよね

えっ

エデンの園のように住みよいところですか
ちょっと待ってください
このあたりにあったと思います
少し辺鄙ですがお安いですよ
なんせ時代遅れの名前つけちゃったから
若い人は来ませんしね
すぐにつぶれちゃいました

まっ
ちょっと癖のある場所ですけど
お客様さえご承知なら何ら問題はございません

はっ
あのホテルエデンの園じゃない？

ああ
あの山手の新規開発のほうですね
あそこは大手がやってるんで不便なわりに
ちょっとお高いですが
お客様が求めていらっしゃる美しい暮らしにはとても向いていると思いますよ
ガーデニングも出来ますし
クリスマスなどイルミネーションでまぶしいくらいです

えっ
イマジネーション働かせろってですか
それはお客様のお役目です
我々はお手持ちのご資金とご収入に見合う物件を
現実的にはじき出す仕事です
そこを何とか？　ここまできたらですか？
えーっと

思い出しました
あの古い映画のことですね
そういえば小さい時父や母が話してました
でもあれは確かアメリカの映画でしょう
うちは海外まではフォローいたしておりません

え〜
もっと古いんですか〜
旧約
そんな古い契約の物件ですか
もう無効になってんじゃないですか
そこに住むと死なないという契約
そんなの聞いたことがないです
からかってらっしゃるんですか
私だって少し忙しい身です

まあ見積もれってですか
そもそもどれぐらいの広さがあるんです？
その花園だか庭だかを含めて
分からない？
冗談じゃないですよ
無茶言う人たちだなあ
ちゃんと測ってきてください
それから
水道　ガス　電気通ってるんですか
道幅はどのぐらいですか
日当たりは？
環境はバツグンなんですね
はっ
食べてはいけないリンゴの木？

そんなのは抜いちゃいましょう
あとで訴訟問題になっては困りますから

はあ
裸で暮らせるんですか
隣近所の動物とはすこぶる仲がいいんですね
果物は取り放題
水は美しく花は咲き乱れ
いいエントランスですね
それではコンピュータに入力してみましょう

お待たせいたしました

ただだそうです

オーナー様がとても豪儀なお方だそうで
ただし鍵はマスターキー一本だけ
スペアは不可
ただ一つの約束を守れなかったら
着の身着のままもう二度と戻れないんです

ご契約なさいますか？

林檎の証言

あの時の
僕の気持ちわかるかい
齧られたんだぜ
まさしく
心をがぶりと
禁断だったんだ
手に取ることさえゆるされてなかったんだ
僕はいつも赤くすましてた
いつもピカピカに光って太陽に挨拶していた

その大切な皮を食いちぎって入ってきたのは
平べったい人間の歯だった
とがった牙でもないんだぜ
なんか薄ら笑いしながら入ってきたのさ

吐く息が急に臭くなって
そいつは僕を落っことした
ぽとりと足元に
もともと腹が減ったから食べたんじゃないんだ
どんな味か知りたくて食べたんだ
途中で後悔したって
僕はもう心変わりの林檎さ
守られてこそ美しかったんだ

一口だって齧られたらおしまいさ
この世から完全な約束がなくなった
僕を齧ってしまったら
他のすべてを齧ったも同然
空間も時間も歪んで流れ出したんだ
世界に穴が開いたのさ

僕は小さくて真っ赤な地球だったんだ
今じゃ
みんな思い思いに齧っていくんだ
しっかり見ることもしないまま

もちろん人生だって何も見ないまま
口に放り込んでるんだ
ふいに苦くて何だこれって叫んでも

誰も答えないんだ
他人の問いにはさ
自分の答えで目一杯さ

だって齧っちゃったんだもの
何かの話にあったけど
素晴らしく美味しいワインに
ハエを一匹入れちゃったようなもんさ
素晴らしく無邪気で自由な心に
答えもできない疑問を一つ放り込んじゃった
誰もが取りつかれたんだ

だから毎日
彼らは僕を齧る
まるで自分自身との新しい契約みたいにさ

林檎の飛行

あの学者は
枝の上に月と一緒に浮いているとでも思っていたのだろうか
ポトリと落ちると
びっくりした顔でまじまじと見つめていた

落ちなけりゃ種になれない
私は落ちて喜んだけど
学者はもっと大喜びしていた
彼の頭の中でも大きな種が落ちたようだ

何千年も何億個も落ちてきた
ふわりと浮いてびっくりされるならわかるけど
当たり前に落ちただけ
彼は甘いとも酸っぱいともいう前に
重力だといった

私の引力は宇宙にも発見されて
万有になった
そこから新しく見えはじめた世界に
人々はとまどい熱狂した

長い間世界の秩序を護ったこの考えの
小さな誤差をどうしても見過ごせなかった後の博士は
私をエネルギーに置き換えた
原子レベルの私はある条件の下では破壊力の巨大な爆弾だ

あの時は当たり前に落ちるだけでよかったけど
いまや私は光速で伝えねばならない
林檎の飛行は光の幾何学さえ超えて湾曲形を描く
エーテルさえ無くなった空虚な空間の中
私はゆがんだ林檎だ
ゆがんだ記憶だ

四次元空間の真ん中で
あの木はいまも青々と茂っているだろうか
知恵の実は真っ赤に熟しているだろうか
失われた実一つ
記憶を失速させて
もう一度あの枝にゆっくりと着地したい

その時
誘惑に負けないイブは
新しいアダムを生むだろうか

今日のリンゴ

今日を描いたのは
誰の筆跡
今日のリンゴはセザンヌ
もしくはマグリット
でもどんな罪も消えてはいない

今日を解いたのは
誰の思い
落っこちたリンゴ　飛んだリンゴ
二進法で答えるリンゴは

ともかくたくさんの人に愛されている

今日の食事は
「一番美しい人へ」
不和の女神エリスが置いた黄金のリンゴ
ヘラとアテナとビーナス
審判した美少年トロイヤの王子パリスへ
贈り物「トロイの木馬」は女の復讐で運ばれる

女を選ぶものは死を選ぶ
その実を盗んだもののように

今日も絵描きは描く
物理学者は計算する
美しい女たちはもう男を見限った

罪は罪を孕み
幾重にもわなを張る
人は自分がつくったわなに必ず落ちる
そして即座に罪を鵜呑みする

今日レオナルドは死人を解剖した
ミケランジェロも罪に震えながら体のからくりを盗んだ
その堂々たる筋肉は礼拝堂の天井を満たした

今日見たレントゲンの薄い影
透かして見た自分はもぬけの殻だ
その罪は誰が問うのか

レジスタンスはローマ法王と和解したムッソリーニと戦う

かつて「自由」に命中した矢
少年の頭上のリンゴは今世紀までその矢を放さない

イエローサブマリンは
ターンテーブルの回るリンゴから出航する

夢の共有
窓辺の
マッキントッシュに
世界を詰め込むのは
清き御手か
あるいは実をもぎ取った土の手か

リンゴ売り

ピンポーン
インターホンが鳴る
「ドナタ」
「リンゴ屋です」
いまどき毒リンゴ!!　コワイコワイ
「いらないです」
またピンポーン
少しだけ開けてみると
若いお兄ちゃん
「秋田から来ました　リンゴ見てください」

そうわたしは白雪姫ではない
りっぱな中年の主婦だ
リンゴだって一目見れば良し悪し分かるってもんだし
試食だって遠慮なく頂く
ま、いいか
たしかにおいしそうなリンゴ
一口切ってもらったのもいいお味
「安くしときます」
「いくら」
「五コで千円」
まあこのりっぱさだし妥当なところ
長引くと仕事にもさしさわる
ここはあっさり「もらっとくワ」
これに気をよくしたお兄ちゃん
「リンゴ箱いりませんか　もらってもらえばたすかります

ここに入れとくとリンゴも長持ちしますよ
　隅っこに残ってるリンゴもつけときますから」
どっこい　ここからがほんとうの勝負
リンゴの誘惑に負けないのが何千年もかけた教訓
この世でゴミほど高くつくものはないんだから
たいていゴミに振り回され一生を棒に振る
やっぱりリンゴ売りは魔女だ
「置いとく場所ないのよ　ゴメンネ」

そう家の中は空箱だらけ
見えないようにそっとドアを閉める

記憶のラビリンス

倒れた箱の中身が
倒れているとは限らない
白いネコの手が出てくることだってある
もっと奥にはまっすぐなキノコが生えている

全く油断も隙もない

眠っているその目の中で私は殺された
遠い眼鏡
近視の夢

できたての熱いスープ
キツネの食卓には
平らな皿がのっている
招かれたツルの陶芸家はそれを細長い壺につくりかえて
ノーベル平和賞を貰った
キツネは壺の口をひねって
コンクールで入賞した

猫舌のネコは
倒れた箱の中でぐっすり眠っている

デザートを切り分けて貰えるのは
誰だろう
安全保障会議の椅子は

いつも人数分がない

陶芸家は急いで椅子をつくったが
座ったまま静かに倒れた

椅子ごと起き上がった少年は
まっすぐ歩いていった

でも
彼の倒れた家は起き上がれない
砂まみれの有刺鉄線が不器用に揺れている
欠席者だらけの授賞式では
表彰状がさかさまに手渡された

壺もさかさまに展示されていたが
誰も怖くて言えなかった

倒れた箱の中で倒れていた死体は
起き上がって箱を蹴った

惑わし

惑わしの言葉で
かえって
事の真相は明らかになり

順序を逆にして
かえって道筋が見えてくる

間違って覚えた言葉が
間違っていると気付くまで
協定書には砲弾が打ち込まれる

間違って組み立てられた
足場がはずされるまで
言葉は何度も傷つけられ
さらされて
苦しい朝を迎えている

間違いは
そのままに
正しいは
それらしく
公平に分けられた空と海の水平線

朝日と夕日のせつない距離

同じものを同時に
違う名で呼び
国境は封鎖される

違うものを
同じ名で呼び
紛争は一時回避された

言葉とは
いったい　どこの国の
だれを探しているのだろう

何かお探しでございますか

何かお探しでございますか
何を探しているのかわからないから来られた?
ごもっともでございます
当方では何もかも取り扱っています
どうぞごゆっくり館内をお運びくださいませ
きっと小さな希望の一つも見つけていただけると存じます
万一ここにございませんでも
別館にて生きがいセミナーなど
プログラムも豊富にご用意いたしております
どうぞご利用くださいませ

ともかく各階一応衣食住に分け
またお生まれになった順番に購買力も鑑みて階を重ねております
でもそれは一応ということで心のお若い方は
どうぞヤングのフロアへ
もう落ち着きたいとお考えの方は
どうぞアダルトのフロアへ
お財布の中身と違って
お気持ちだけはいつも自由でございます

それでもどこを目指していいのか皆目わからないお方には
屋上のパラダイスでしばし遊んでいただくことも出来ますし
とりあえずの人生の友としてペットもおります

この広い館内

私が取り仕切っておりますが
それはそれは色々なことが起こります
小さなお子様から十分なご老人まで
迷う人には事欠きません
広いといってもこの限られたスペースでさえ
迷いに迷って泣いておられます
さぞや世間に出られたらもう方向感覚なんて
あって無きがごときでございましょう
こんなに人が多いからですって
いえいえ週末はこのように賑わっておりますが
ウィークデイなんてそれはそれは寂しいものでございます
都会の一等地でひっそりと
何でここにいるんだろうと
哲学的静寂がきたらもういけません
館内放送やＢＧＭで景気をつけて

地下では真っ赤なスイーツで好奇心一杯の女性をねらい撃ちしています

でもこの夥しいものの数
時々私でも怖くなってしまいます
心に浮かぶものをかたっぱしから形にして
それを消すための良心までエコの棚に並べるんですから
この情熱は一体どこからくるんでしょうかって
そりゃもう世界中からきます
商品の到着は人類への愛なんて詰めにくいものと違って早いです
かたっぱしから並べてさあお客様!!　と
お声掛けしているのですが
お心に届くものはありましたでしょうか
何かお胸の内に大きなからっぽのポッケをお持ちのようです
どうぞここの商品でその空白を満たしていただき
全きシルエットとなって明日へと走り出していただけますよう

えっ　あなた様の存在を引き立てる真っ黒で元気のいい影でございますか
さて　影はどちらの階にございましたでしょうか
一番影の薄い書籍売り場
哀愁ただよう紳士服売り場
そのあたりに落ちているとは思うのですが
ご要望に添いますかどうか
どちらにいたしましてもそれはサービスでございます
ご自由にお持ち帰りくださいませ
影は商品としてお包みすることも出来ません
そうそう美術品売り場のものはご容赦くださいませ
ご高名な先生が影をテーマにして作品を展示されています
これは特別提供商品でございます

あっ時間でございますか

時間は計ることは出来るのですが
適当なパッケージがございません
ただしこの階にあるご休憩の椅子の上になら
上質でラグジュアリーな一時を用意いたしております

ここで一番価値のあるものですか
宝石売り場
あのあたりは際限がございません
まじめに人生を何回折り返して働いても買えるような
生易しいものではございません
一体誰が買われるのですかって
もう十分持っておられる方々でございます
指一本で軽々と持って帰られます

いえいえ、これらの商品でさえ一番価値あるものではございません

一番価値のあるもの
それはお客様と当店では教育いたしております
「お客様は神様です」とどなたかも仰ってました

えっ、本当にそう思うかって
近頃はそのような無粋な事を仰るお客様が多くて
当方もその対策に苦慮している次第でございます
が
もちろんでございます　お客様
そう思い込まないことには
近頃の切れる社員が社内割引で買うのは
ひそかに隠せるインテリア感覚の棺桶ばかりになります
「神様を殺さない」これが教育の根本でございます
どうぞ何なりとご用命くださいませ

帽子の中の食卓

この大きな黒い
夜の帽子の下で
真っ白な手さげバッグを
開けてみる
夕餉に買った青い魚が一匹

食べ残した魚が話し出す
波にうねってどこまでも深い故郷
長い長い回遊の話が終わると

青い皿の上に静かに横たわった
彼の中の何かが入れ替わった

陶器のような空に弾き飛ばされた鳥が
まっしぐらに黄色い皿に落ちてきて
小さな湯気を上げている

ガチャ
黒い蝶を追いかけていた猫が
緑の皿を割った

赤い稲妻が窓を飾り
黒い帽子が少しほころびると
昼の黄色い指が一本
すぽりと入ってきた

いつまでも終わらない真夜中の食卓

ごみ収集車が
回収して行ってしまうころには
黄色い指は帽子を持ち上げ
漣のように朝がくる

帽子の隅にしがみついて寝ている私は
いつ気付けばいいのか分からない
食べる日
食べられる日

迷う体
いつか魔術師の仕掛けだらけの帽子から

わざとらしく取り出されるのかもしれない
真っ白な皿の上に

Ⅲ

戦っている時は気がつかないけれど
一人になってその傷口から
血があふれていることがある
一人がさみしくて
なお一人になることがある
生きていることを信じたくて
死ぬことがあるとすれば
命の長い橋は
どこにもとどかなくて
河の途中で途切れてしまう

心の中を流れる川は
だれの影も流さない
ただ月を映している
たった一つの月が
世界中の様々に映されて
幾千幾億の月になっても
今日一日がどうしても終わらない日がある

自分をじっと見つめて
一夜を過ごし
水の中の月をすくい
飲みほして
なお
心の夜は闇を増すばかり

この中からなんの答えが見つかるだろう

ただ深く深く手探る中で
一尾の白い魚を掴んだ

幾千のからっぽの夢を燃やして
たったこの一尾を調理する

これが正体だったとしたら
私はあまりにも多くの皿を用意し過ぎたのだ
この人生に
この一日に

せーの……

聞き覚えのあるさえずりに
カーテンを開けて姿をさがす
始発電車の走る音
白く光る屋根の下は
まだ黒々と眠っている

昨夜からの続きのまま朝になって
私は開け放しにした窓を思い出す
あの時閉めておけばよかったんだ

逃げ出した小鳥は
初めての空を飛んでいく
幾層にもかさなった風の道が
わかるだろうか

だまったまま
ぐんぐん白くなっていく空

木々のシルエットから無数のみどりがよみがえり
私の中では
昨日がシルエットになってたたまれていく
ところどころ思い出の色を残して

いつまでも見送ってくれた人の服の色
久しぶりに会った友人は

大きな箱をかかえていた
なにが入っているの
とは　聞けなかった
いつまでも二人をへだてていた
大きな箱
私の小さな箱も
きっと見つめられていただろう

たとえば幸　不幸

世の中には大きいほどいいものと
小さいほどいいものがあると知ったから
中身がいいあてられない以上
せーので　開けましょうとはいえなかった

幼い
あの日のようには

水音

その花びらの
花びらが語る導き
その白さゆえに描かれた言葉
眠る人の
閉じた目の中で開く夢

水面をピアノのように弾いて
未だ言葉にならない音が指に響く

落ち葉が風に乗って

命の最後をしゃがれ声で語りつくし
街角をふいに曲がって消えた

犬はいつも幸せの音を待っている
過ぎ去っていくきのうに遠吠え
あしたに顔を向ける

まっすぐに流れてこそ
時はとうめいだ
水は石につまずいて
意味を語り始める
水音は人が話している声に意外と近い
ひそひそと言葉をつないで
草に予言する

私は
きのうときょうの声を消し
そっとあすの音を聞く
花びらの透ける言づて
水音がふと漏らす意外なゆくすえ

いらっしゃいませ

いらっしゃいませ
ようこそ当行へ
当行は
あなた様のご生活をトータルにバックアップさせていただきたいと願っております
預ける　借りる
そして何より増やしていただく

それはよかったです
それではわたしの命を預けたいのですが

お命でございますか
それは当行には少々重過ぎます
当行は軽くて持ちやすくて何よりペラペラと数えられるものに限っております

あ、そう
自分でも持ち歩きしにくいですものね
ではさようなら

どうぞ、お待ち下さい　お客様
お預けになるだけでなく借りていただくことも出来ます

そう、借りるものねえ　もう手一杯なんだけど……
そんなに優しく親切に言われると　何か無かったかしら？
そうそう、愛なんてどうでしょう

ここでご説明しておかなくてはなりません
お借りいただくと利子をつけて返していただかねばなりません
それが相当高いのです
これをご承知いただきましてサインがいります

まあ、まるで結婚式のように大層なのですね

こんなことで大層と言われたらうちもかないません
増やすとなるともっとハイリスクになります
あなた様のものが自動的かつ丁寧に減っていっても
何の文句も言わず、月々の管理料を入れてもらわねばなりません

ここは怖いところですねえ
一番大事なものは重過ぎてだめ
一番欲しいものは利子をつけて返さないといけないし

ちょっとした希望は目減りして返ってきても
文句一つ言えないんですねえ

はい、そのとおりでございます
お客様、よくご理解いただいてありがとうございます
でもこれが血となり　力となって
巡り巡って世界を動かしているシステムでございます
ここが滞ればどこかで紛争がおこるのです
詰まってしまったら大恐慌――大戦争へとまっしぐらです
ここのところをよおくお考えいただいて
貯める、借りる、ゆとりがあれば運試しに
当行を選んでいただければ
わずかではございますがティッシュなど差し上げたいと存じます

蜃気楼

砂漠でギターを弾いている
くっきりした影の穴へ
音はすい込まれる
青い空はもうこれ以上青くなれない
意識が端の方からかすれていく

ギターの音がやけに重い

目ばかり大きな女が
ケーキ箱のような

柩に眠っている
砂の中のおとぎ話
でも
眠っているのは豪華な衣装ばかりで
本人はもう幾千年のおしゃべりに夢中だ

三日月型のポシェットからは
時間の金貨があふれている
砂漠の夕ぐれ

水は銀色の渦を巻いて
逃げていった

一日前の
主旋律

ほどけるように流れて
雲にもどる

フローズンヨーグルトが食べたい
楽しみたいね今夜

溶けて
くずれて
逃げていく道
もう一度ワルツのようにターンして
砂に消えていった

廃墟の壁から
灰色の影がのぞく
灰色の影がのびる

のびてのびて
階段をかくかくとのぼって
折れたまま
張り付いた

古い歌の蜃気楼
砂漠に
音の穴が広がっていく

心の中の
記憶の穴が深くなる

自画像

自画像を顔に貼りつけて歩くような世紀に
いったい真実とは何なのか
自分にさえ隠さなければならない素顔とは
いったい何から逃げているのか

憶えのない独り言が
合成音で拡大コピーされる
薄っぺらでざらざらのメディア
メディアの自画像はスナアラシより
無責任に吹き荒れる

今日も自画像たちが会議を開く
議題はまたしても世相の自画像だ
評論家がもっともらしく描く
司会者が怒ってみせる
いざとなったら「言わされた」と言えば
ごもっともと弁護士がつく
自画像の上に化粧までして
女優が出てくる
彼女は今世紀最大の自画像だそうだ

誰も素顔じゃないから気楽なものだ
かぎりなく自分に似せているけれど
肝心なところは伏せてある
自分の心の中に飾ってもばれやしないよう

入念に隠したところがほんとうの自画像だ

ただ
あんまりデフォルメしすぎて不安になった日曜日
今日はちょっと本気で鏡の前に立つ
すると塗りつぶしたはずの鏡の裏から素顔が覗いている
今となっては久しぶりの自分に
思わず
挨拶したりするのだ
「こんにちは
あ、これ、
抽象画です」

万華鏡

時間のかけらを入れたら
どんな万華鏡ができるだろう

思い出のかけらをつめこんでぐるぐる回すと
時間がこなごなに光って
幾千の花になる

後悔のありったけをつめこんで
バラバラにほどくと
今まで見たことが無いような女が歩いてくる

と
突然違う女になった
また違う
また違う
万の女の横顔が並んで光っている

口説くにも目移りして
万華鏡の穴から覗くばかりだ

後悔は多いからって役立つものでもない

思い切って分割した自分自身を入れると
さかさまの分身が平気で歩いていたりして
あるいはわたしは美しいのかもしれないと
その奥のまたその奥のわたしに聞いてみる

答えはいくつにもカットされて輝きを増す

方々に散らかった時間を並び替えると
色々な一瞬が
様々に光りだして
命のかけらがきらめく

時間の軸をバラバラに解いて
万華鏡というのぞき穴を覗くと
あるいは死さえ輝いて見える

赤い手紙

扉の前に座っている
座ったまま見上げると
扉は背が高かった
そして近かった

ずいぶんじっとしていたら
扉の下のすきまから
赤い手紙が出てきた
びっくりしてつき返したが
また舌のように出てくる

わたしは手紙を開く事にした
「わたしの名は扉、朝日でも夕日でもありません」
「わたしは座っていたかっただけ
出ようとも入ろうともしていない」
ため息のように書き添えてそっと差し入れた
手紙は弾き飛ばされるように戻ってきた

わたしは思わず扉を開けた
いつかのわたしが立っていた
「時間いりませんか」
彼女が聞いた
「どこのですか」
「昨日のです」
「明日のだったら欲しいです」

「それはあなたが持っているでしょう
交換しますか　今日のレートはお得です」
「何に使うのですか」
「それはあなた次第です
忘れ物も見つかりますよ
夢だってもう一度拾えるかもしれません
ただし　捨てた方が良かったのかもしれません」
「この扉は何ですか」
「行こうとも戻ろうともしない人の紙一重の装置です
はかない時間の赤い影です
扉の前に何時までいたってどこにも行けません
用が無いなら閉めて下さい
開けっぱなしはいけません
きっちり閉める事です　昨日の扉は」

わたしは弾き飛ばされるように
明日へ
盗塁した

夕日の結末

まるで空から剝がれたように
一羽の鳥が飛んでいく
まるで地球の裏側へひょいと出るように
アリが巣穴に帰っていく
まるで一日が少し膨らむように
夕日は大きい
猫は窓辺で動かない

今日の結末を見つめている
デジタル時計の数字が今変わる

さっき開いた新聞の
ふと途切れた時間のページを
指でおさえる
思い出した
自分との破れかぶれの約束
今からでも間に合うだろうか

すべるように夜に向かう時間が
ふいの逆走に泡立つ
もう一度会わねばならない
私は何を受け取ったというのだろう

約束の実は再び熟れただろうか
あるいは
契約の更新は可能だろうか

夕日は今発射された
だれの心に届いただろう
あの日の心は閉じられたままだ

暮れていく空
静かな裁きの庭
今日だれが赦されたか
今日だれが祈ったか

いつだれが赦すのか

今日一日の
返却期限は
すでに過ぎた

最初の一歩と最後の一歩の会話

最初の一歩と最後の一歩が出会うとき
どんな話をするのだろう

たて半分に切った影と
よこ半分に切った影とは
どんな相談をするのだろう
きっと一つには戻れない

切り方を間違えた私たちは
足るはずなのにいつも足りない

重なりすぎたところでいつも探している
足りないところには怒りがたまる

あるはずなのにないところで
いつも会話は途切れている

父と母が円卓を前に
話している
彼らの話はいつもけんかでおわる
最初に裏切りがあるから

時と場所を間違えたら
憎しみが生まれるだけだ

男はいつも最後の一歩

女は最初の一歩を孕んでいる

でも今日のふたりは
最初と最後を重ねる合図が思い出せない

紡ぐ

時を紡ぐ
歴史を繋ぐ
場所を紡ぐ
地図をたたむ
光を紡ぐ
願いをかさねる
闇を紡ぐ
秘密が光る

星座を紡ぐ
未来を覗いてみる

過去を紡ぐ
思い出を加工する

今を紡ぐ
少しほころびる

言葉を紡ぐ
人の影が忍び寄る

自分を紡ぐ
他人を少し混ぜておく

あとがき

　遠い昔開いた聖書の創世記、アダムとイブの楽園追放の話に謎をかけられた私は、いまだにその答えがわからない。なぜ人間は善悪を知る木の実を食べてはいけないのか、知恵の実は人の何を奪い何を与えたか。悪の実を食べて罰せられるなら、罪はもっと計りよいのに。人生はもっとわかりやすいのに。

　この思いは深く深く心にとどまりいよいよ大きくて豊かな問いとなって今私を誘います。

　私たち人間の長く深い悔恨の道のりと、予想以上のねばり、愚かしくもたくましい生活を、歴史的というより日常の視点からささやかに捉えることによって、この謎の一端を解く小さな鍵が見つからないかとこの詩集を編みました。

　もうそろそろ自分の人生をかけて答えねばと、とまどいながらも何とか向き合った、本書はその新たな一歩であり、またこれを機に多くの方々のお教えを受けて進んでいけたらという希望の一歩でもあります。

　この本を編むにあたって厳しくも暖かい励ましを頂き、身に余るお言葉で深い視点から本詩集の根幹をするどく照射してくださった八木幹夫氏、また的確な助言と詩への情熱をともにしてくださった思潮社の藤井一乃さん、遠藤みどりさんに深く感謝いたします。

　そしてこの本を手に取り、一歩をともに歩んでくださった皆様にも心より感謝申し上げます。


まだ心落ち着かぬまま3・11で失われたすべての命に深い祈りを捧げつつ

二〇一一年五月

牧田久未

牧田久未（まきた　ひさみ）

詩集　『やわらかい石』（一九九一年）
　　　『13月・目撃』（一九九八年）
　　　『うそ時計』（二〇〇六年）

詩誌　「砂の手紙Ⅰ～Ⅵ」（一九九四～九五年）

「ＲＡＶＩＮＥ」同人
日本ペンクラブ、日本現代詩人会、日本詩人クラブ会員

林檎《りんご》の記憶《きおく》

著者
牧田《まきた》久未《ひさみ》
発行者
小田久郎
発行所
株式会社思潮社
〒一六二―〇八四二 東京都新宿区市谷砂土原町三―十五
電話〇三（三二六七）八一五三（営業）・八一四一（編集）
ＦＡＸ〇三（三二六七）八一四二
印刷
三報社印刷株式会社
製本
小高製本工業株式会社
発行日
二〇一一年九月二十五日